당신을 만나기까지

당신을 만나기까지

가금현 시집

작가
교실

당신을 만나기까지

초판 1쇄 인쇄 | 2022년 7월 15일
초판 1쇄 발행 | 2021년 7월 22일

지은이 | 가금현
펴낸이 | 김용길
펴낸곳 | 작가교실
출판등록 | 제 2018-000061호 (2018. 11. 17)

주소 | 서울시 동작구 양녕로 25라길 36, 103호
전화 | (02) 334-9107
팩스 | (02) 334-9108
이메일 | book365@hanmail.net
인쇄 | 하정문화사

ⓒ 가금현, 2022
ISBN 979-11-91838-09-1 03810

다섯 번째 시집을 내며

어느 날부터인가 뭐에 그리 바쁜지 시 한 줄 쓰지 못하고 있다.

바빠서 쓰지 못하는 것이 아니라 시가 그만큼 어려워졌다는 말이 옳을 것이다.

이런 이유로 지난날 써놓은 시를 묶어 다섯 번째 시집이라고 내밀게 되었다.

시집을 내야 한다는 욕심에 제대로 간추릴 시간도 없이 주섬주섬 엮다 보니 부족한 부분이 많다는 것을 인정한다.

하지만 현재의 모습이 아닌 지난날 걸어온 이야기다 보니 감회가 새롭고, 그때의 열정을 다시 한번 불사르고 싶다는 욕망이 생긴다.

사오 년 전에는 나만의 시 세계에 빠져 마음껏 휘둘렀다면 이제는 뭔지 모를 무게감에 한 줄 한 줄 엮어가기가 겁이 난다.

그만큼 나를 시인으로 바라보는 사람이 많아
지고, 내 시에 관심 보이는 사람이 많아지고 있
다는 것이겠다.

　이 부분에서 부족함이 많은데도 늘 변함없이
응원해주는 가족, 그리고 이채윤 도서출판 작가
교실 대표님 등의 격려에 힘을 얻어 다섯 번째 시
집을 조심스럽게 내민다.

　폭우로 아내의 작은 차가 물속을 달리다 멈춰
버렸다.

　그 옆을 큰 차가 지나칠 때마다 쏴와쏴와 밀
려와 부딪치는 물결은 큰 파도처럼 느껴졌었다.

　그 긴 밤을 이긴 뒷날 여유로움을 찾으면서…

　　　　　　　　　　　　　2022년 6월 30일

차례

1부 두드려야 하는데

2부 살아가면서

3^부 긴 여정이라 했건만

4부 비는 내리고

5부 마음의 가뭄

6^부 계절이 오는 소리

1부

두드려야 하는데

그땐 그랬는데 이제는

그땐
자기가 한 말 때문에 자기 스스로가 무너져 내리고
지금
자기가 보낸 한 줄의 글 때문에 자기 스스로 무너
져 내렸다

말 한마디의 상처는
삼십 년 묵은 세월이란 약초가 있어 씻은 듯 나았
다 했는데
글 한 줄에 베인 상처는
얼마나 묵은 세월이란 약초로 나을 수 있을까
찬바람이 더욱 차게 와닿는 밤이다

우리 어머니 하시던 말씀

가난하여 여벌 옷이 없더라도
좀 더러워지면 빨아 밤에 널어두었다가
새벽에 다림질해 입힌 사람과

가난해 여벌 옷이 없다고
매일매일 입던 옷 걸어두었다가
아침에 누더기 채로 입은 사람과는
바라보는 사람들의 마음이 다르다 했다

더러워지면 빨아서 다림질해 입은 사람은
부지런함이 보이고
더러워져도 입었던 그대로 입은 사람은
게으름이 보인다고 했다

내가 장가갈 나이가 들어서 어머니가 물었다
너는 어느 집 딸을 선택하겠냐고
나는 어머니 마음을 알고 눈으로 말했다
내가 그런 사람과 살고있는 것은 어머니 때문이다

섬진강 줄기 따라 걸었다

섬진강가에 섰다
섬진강 바라보며 서 있는 용궐산의 산벚꽃은
강물에 얼굴 비추며 방긋 웃고 있고
옆에 선 여인의 해맑은 미소는 나를 방긋 웃게 한다

졸졸 흐르는 섬진강 물줄기 소리는
까르르 지저귀는 산새 소리에 맞춰 연주가 되니
손을 뻗어 맞잡고 싶은 손
잡지 못함에 마음만 물줄기 따라 흘러간다

섬진강가 길 따라 거닐다 보니
장군목 요강바위 전설 품고
울렁이는 현수교를 건너
나 그곳에 서서 섬진강을 품었다

첫돌 맞은 하랑

그래 지난해 어제였다
몸은 소풍 가는 길 위에 섰지만
마음은 너를 보고 싶었던 날이었을 것이다

그래 지난해 어제였지
함께하는 친구도 너를 먼저 보지 못하고
소풍가는 길 위에 섬을 안타까워했었다

산모의 고통뿐이었겠나
숨죽이며 너를 기다리는 사람들
긴긴밤이 꼬박 새워짐도 아랑곳 기다렸었지

사월 초엿새 날
너를 품 안에 안아보는가 싶었는데
너는 긴긴밤을 꼬박 새며 애간장을 태우도록 했었다

사월 초이레 날 새벽
네가 눈을 뜨고 첫울음을 터트리던 날
나는 한 세대를 뛰어넘었다.

언제 무릎으로 기나 싶더니 문지방도 가뿐히 넘어서고

언제 일어서나 싶더니 서서 고개를 돌리며 웃기까지 하는 모습 보니

너를 만난 지 벌써 삼백육십오 일이다.

너 때문에 웃음이 넘치고

너 때문에 행복했고

너 때문에 일 년 동안 살맛 나는 세상이 되었었다

이제 너로 인해 기약 없는 날까지 즐겁고

이제 너로 인해 기약 없는 날까지 행복하고

이제 너로 인해 기약 없는 날까지 살맛 나는 세상이 되었으면 좋겠다

하랑아 태어나 내 곁에 있어 줘서 고맙고

하랑아 태어나 내 곁에 건강하게 자라 줘서 감사하고

하랑아 태어나 내 곁에서 웃어 줘서 이 세상 살맛 난다

하랑아 건강하게 자라다오

하랑이를 배려하는 사람으로 키워다오

하랑이를 더 넓은 세상을 보도록 이끌어가야겠다

두드려야 하는데

한 걸음 다가가 두드려야 하는데
바짝 다가서 보여 달라고 해야 하는데
문을 열고 내가 왔다고 소리쳐야 하는데
마음만 가고 몸은 마냥 그 자리에 서 있으니
열려야 할 문도 반갑게 맞이해야 할 사람도
오고 있는지 아니 오는지 아니
그 사람이 있는지조차 모르고 있을 듯하네
봄은 어느덧 물러가는데
뜨거운 햇살 한여름 뙤약볕 길을 걸어갈까나
꽃피는 봄 길도 가지 않은 길을
태양 아래 걸어갈 수 있으리
꽃 속에 숨겨진 진심은 무엇인지 모르겠다

기다리는 마음

꽃이 피기에
저 멀리까지 내다보았습니다.
혹여 옛 생각이 나 이곳으로 오는가 하며 말입니다
꽃이 활짝 피고 지기에
문을 활짝 열고 밖을 내다보았습니다.
꽃 피고 지던 지난날 문을 두드리던 기억이 떠오르기에 말입니다
꽃이 활짝 피고
봄비에 떨어지고 있건만
오던 길도 잃어버렸는지 두드리던 문도 잊었는지 그림자도 보이지 않습니다
꽃이 피어 지고 있건만
찬바람만이 왔던 길을 잃어버린 듯 방황하고 있습니다
봄은 익어가고 신록이 다가오는데 말입니다

실망

찬바람도 이겨내고 차가운 서릿발의 날카로움도 버
텨냈다
긴 겨울날 녹지 않는 눈과 얼음 속에서도
봄날 한 폭의 꽃을 피우기 위해 뿌리를 내리기 위
해 발버둥 쳤고
움을 트기 위해 서릿발에 머리를 단련했다

긴 겨울 쉼 없이 몰아치던
찬바람과 눈보라는
밀려오는 훈풍에 녹아나 머리를 밀고 꽃 몽우리를
밀어내
활짝 열어보려고 안간힘으로 눈을 뜬다.

기다림은 꽃대뿐이겠는가
오고 가는 수많은 눈들이
긴 겨울을 이기고 지켜보고 있는데…
눈을 뜨고 있는 꽃 위로 눈이 쌓여지고 있다

눈을 감으면

더 이상 눈을 뜰 수 없는데 말이다
사는 게 다 그렇다고 한다면
뭔 재미로 살아갈까나 웃음만 나올 뿐이네

폭풍 비

손으로 막을 수 없고
우산으로도 막을 수 없다
싸구려 우비를 입었다면 벗고 다니는 것이 낫다
그래도 비싼 탄실한 우비를 입어야 만이
견딜 것 같은 빗줄기가 바람과 함께 내리친다

웃음이 터졌다
등산화를 감싼 바짓가랑이가 촉촉하게 젖어오며
등산화 속 양말을 야금야금 적셔오지만
가슴 한 켠 쌓아졌던
내 자신도 알지 못할 앙금이 웃음과 함께 터져 나와
빗줄기 타고 타닥타닥 땅바닥을 치며 흘러간다

하하하 자꾸만 웃음이 나온다
미친놈처럼 웃어도 빗소리에 들리지 않고
뿌려지는 빗줄기에 보여지지 않아 좋다
폭풍 비
네가 나를 비워주는구나

형수님 보내는 날

아마 종갓집 맏며느리였을 것이다
위로 시부모 그 위로 시할머니 정성껏 모시고 살며
아들딸 줄줄이 대가족 이뤘다

옆 지기는 우전을 휩쓸고 다니는
통 큰 우두머리라 집안일은 뒷전이었지만
맏며느리 얼굴은 웃음으로 가득했다

그가 떠나 집 건너 땅에 묻히는 날
쉴 틈을 주지 않고 쏟아지는 빗줄기에
맏며느리 밭매러 다니던 길은 온통 흙탕물바다

떠나는 길
참았던 눈물을 흘려 놓는 것인가
생전의 웃음이 그리움으로 남는 날이다

바람이거늘

바람이거늘 잡으려 했네
훅 스치고 지나가면 끝인
바람이거늘 잡으려 발버둥 쳤네

잡아달라고 서 있는
나뭇가지는 푸른 잎 흔들고 있는데
그 사이로 지나는 바람을 잡으려
헛손질로 뜨겁고 짧은 여름밤 보냈네

바보 그래 내가 바보다
바람이거늘 바람인 줄 모르고
잡아달라는 나뭇가지 푸른 잎이
시들어가는 모습을 보면서도
헛손질이었으니 내가 바보였구나
이 여름 왜 이리도 덥고 길기만 한지 모르겠다

열병

눈을 뜨고 있어도
눈을 감고 있어도
자꾸만 떠오른다.

소년에게 다가왔던 첫 입맞춤은
길고 긴 가슴앓이의 첫사랑이었다
그 첫사랑은 기억에서 사라졌는데
그 입맞춤이 이제야 되살아나
눈을 뜨고 있어도
눈을 감고 있어도
자꾸만 떠오른다

몸을 가눌 수 없는 만취에서도
생생하게 가슴에 남아
눈을 뜨고 있어도
눈을 감고 있어도
자꾸만 떠오른다

아 식지 않은 청춘의 열병을 가을날에 겪고 있다

2부

살아가면서

아직도 젊음이다

살아 있다는 것
당신은 당신이 아직 젊음으로 산다는 것을 어떻게 알고 있는가
살아 있다는 것
내 아직 젊음으로 살아가고 있다는 것을 알 때 삶의 희열이다
살아 있다는 것
아침 눈을 뜨며 손아귀에 잡혀 불끈거리는 힘에 젊음을 느끼며
살아 있다는 것
쉼 없이 폭발할 수 있도록 팽팽함에 긴장감이 돌면 삶의 희망이다
살아 있다는 것
아직도 젊음이다

그냥 그 자리에 세워진 너의 애마를 보며

너의 애마는 백마였다
백마를 타고 긴 머리 휘날리며
달려 나가던 너의 모습을 보며
나도 너와 함께 그 백마를 타고
노을 지는 해변가에 서서
이루지 못한 입맞춤이라도 할 줄 알았다

긴 세월 잊혀져간 이름
그리고 모습이 되돌아오던 날
너는 누구나 타고 있던 거친 말을 던지고
미끈하게 빠진 백마에 올라탄 모습을 보면서
지난 아픔의 상처는 씻은 듯 잊어버리고
이제는 그때 못다 이룬 정 백마 위에서 이루어지
나 했었다

너의 애마 백마는 주인을 잃어버린 듯
은행나무 아래 긴 가을날
떨어진 노란 잎에 덮이는가 싶더니
겨울바람에 날아가 버리고

하얀 눈이 내려앉아 쌓여지며 찬바람 맞고 있으니
너의 주인은 알고나 있는지 흘러가는 바람에 물어
봐야겠다

살아가면서

또 한 살의 나이를 어깨 위에 올려놓고
세상 위를 걷는다
밤이 새면 낮이 오고
밝은 낮이 가면 어두운 밤이 오는 세상 위에
물레방아 돌아가듯 돌아가는데
술술 돌아가야 하는데 삐그덕 거리는 소리는 무슨
소리인가
바람도 불고 비도 내리고 눈도 내리고
뜨거운 태양만이 쨍쨍 내리쪼이는 세상 위를 걷는
다
어두운 밤은 어둡지 않고
밝은 낮은 밝지 않은 날은 어떤 날인가
그런 세상 맛도 보면서 걷는다
탓해도 타지 않고 탓하는 속만 쓰린 세상이라지만
꽃피는 날 오겠지 그러면서 걷는다

길을 걸으며

걷자
꽃길을 걷자
가다 보면 꽃도 보이고 마음도 보일 것이다
그래 오늘은 당신을 위해 꽃길 위에 서보자
그리고 당신을 위해 노래를 불러보자
꽃이 있기에 좋고 당신이 있어 좋은 날이 되어보자
오늘은 꽃길을 걷자
사랑하는 당신하고 꽃길을 걸어 보자
가다 보면 꽃도 보이고 사랑도 보일 것이다
당신의 손을 꼭 잡고 꽃길을 걸어 보자
그리고 당신을 위해 사랑 노래 불러 줄 터이다

꽃잎이 떨어지고 있었네

푸른 잎이
하얀 꽃을 밀어내고 있었네
떨어지기 아쉽고 아쉬워
멀리 날아가지 못하고
자신을 피워낸 나무 아래에 맴돌고 있다네
지나가는 사람마다
"꽃잎이 다 지고 있네"라며 아쉬워하면서도
바닥에 뒹구는 꽃잎은 밟고 가네
자태 뽐내기도 전에 떨어져 아픈 마음
밟힘에 쓰라림은 봄인데 이는 온데간데없고 여름
이라네

산천에 살리라

눈만 뜨면 물고 뜯는다
물고 뜯는 얘기를 써놓으면
한쪽 편 얘기로만 키질한다

펄럭펄럭 키질하는데 알곡은 없고
빈껍데기만 펄럭펄럭할 때마다
날라리 날 듯 날아간다

참 뻔뻔하기도 하다
돌아서면 바로 탄로 날 거짓말을
보란 듯 서슴없이 내뱉는다

아니다 아니라고
내가 하지 않았다고 저 사람한테 물어보라고
저 사람이 이 사람이 거짓말했다고 하면 끝이다
그러면 스스로 목매달아 죽기 때문이다

이 나라에
스스로 목매달아 죽는 사람 천지다

목매달아 죽든 기름 가마에 뛰어들어 죽든

눈 하나 꿈쩍 않는 무리들

그들이 가고자 하는 길은 도대체 어디인가 묻고 싶다

살다 보니 미치기도 하더라

나이 오십을 넘다 보니
어느 순간 미치기도 하더라
술에 취해 할 소리 못할 소리
떠드는 것은 당연하다지만
써야 할 글과 쓰지 말아야 글을 써대는 것은
미치지 않고서야 있을 수 있는 일이겠는가

이른 새벽 눈을 떠
지난밤 술에 취해 무슨 짓거리 했는지
휴대폰을 들여다보다
거시기 끝 구멍으로 바위에 구멍이라 낼 듯
힘차게 쏟아져 나오려던 오줌도 쏙 들어갈 판인 글
제정신이 아니고서야 있을 수 있는 일이겠는가

술이 문제가 아니고
정신이 돌아버린 일이다
되돌릴 수 없는 빗나간 한 줄의 글로
밝아오는 새벽이 두렵고
얼굴 들지 못할 부끄러움에 움츠러드는 꼴은

두 손 들고 반성문을 써야 할 일이니 지난밤은 분
명 미쳤었다

그리움이라는 이름으로

일요일 오후로 넘어가는 시간에 빗방울 떨어지는
소리를 듣고 있노라니
그리움 같으면서 아닌
그렇다고 잊혀진 첫사랑 같지도 않은데
가슴 한켠으로 먹먹하게 밀려오는
이상야릇한 기분에
하던 일 멈추고 창밖 빗방울 떨어지는 소리에
귀를 기울이다 답답함에 출입문마저 열어놓고
진한 커피 한 잔을 타 책상 위에 올려봅니다
혹시 오려나 하는 바람으로요

이런 날 문득 생각나는 사람은 왜 그럴까
못다 한 사랑이 그리워 그리움으로 남는 것인가
아님 더 깊은 사랑을 갈망하는 열정 때문일까
주룩주룩 내리고 있는
저 비는 알고 있을까

내 마음 봄바람 되어

훈훈한 바람이 다가오니
눈이 슬슬 감겨온다

어디선가 다가온 얇은 치마
그 사이로 손을 넣으며 꿈이 아니길 바란다

한 겹 한 겹 벗겨지는 옷 사이로
만져지는 여인의 살결은 꿈이 아니길 바란다

더딘 벗겨짐에 숨은 달아오르고
살결을 만지랴 옷을 벗기랴 꿈이라면 깨일까 두렵다

그리움이 무엇인지 모르지만

가끔 떠오르기도 한다
한시도 마음속을 떠나지 않았었는데
어느 날부터 가끔 떠오를 뿐이다
식어가기 때문에 또 다른 것에
열정을 갖는 것이겠다

영원토록 간직한다는 것은
훗날 후세들의 지침서로 쓰일 일이다
그러니 대부분은 마음 닿는 대로
만나고 헤어지고 그리워하는 것이다

말없이 헤어지고
요란스런 헐떡임으로 인연을 만들고
잊혀지며 가슴 아파하며
또 다른 인연 앞에서도 살짝살짝
드리워지는 그리움은 분명 사랑이다

사랑했기에 그리움이 묻어 있는 것이고
그리움이 있다는 것은 사랑이었다

내가 너를 사랑했었구나
아직도 그리움이 가득한 걸 보니 말이다

3^부

긴 여정이라 했건만

긴 여정이라 했건만

가는 길도 길었고
오는 길도 길었다

긴 여정이라 했지만
돌아서면 순간이라는 것을 왜 몰랐을까

가는 곳이 그곳이 그곳이라도
바라보면 모두 신비한 세상이다

푸른 하늘 닮아 바다도 푸르고
높은 나무 닮아 사람도 높다

끝없이 펼쳐진 대지 옆에 두고
달려도 달려도 그 자리인 것 같은 곳

세상이 얼마나 넓은가 보라
손바닥만 한 세상에 먼지 묻히며 살 일이 아니다

눈을 떴으니 넓은 세상을 보라

그리고 가는 곳까지 쉼 없이 가보자

긴 여정이라 하지만 돌아서면
찰나라는 것을 왜 모르고 사는가

나이는 쌓이건만 사랑은 덜어지는구나

뽀얀 피부가 빨갛게 물들도록 더운 입김을 불어 넣던 날
문밖에는 하얀 눈이 소복하게 쌓이고 있었다
그날도 나이 한 살 더 먹은 지 얼마 되지 않은 시점이었다
사랑의 열꽃을 피우는데 나이가 무슨 상관이랴
피고 지는 것이 꽃이요 지고 피는 것이
푸른 잎이고 섰다가 시드는 것이 사나이의 열정인 것을
나이가 사랑의 열정을 꺾을 수 있을까
사랑할 수만 있다면
피고 지고 떨어지고 피며 지고 시들고를 언제나 반복하리라 했다
찬바람에 무릎이 시리고 손도 시리니
마음은 짜증만 나려 한다
달려가 속삭여야 하고 보듬어 안아줘야 하고
시린 무릎을 감싸줘야 하고
시린 손 따뜻한 가슴에 묻어줘야 하고
짜증 나는 마음을 빨갛게 물들도록 입김을 불어줘

야 하는데
　시린 무릎이라 걸음이 무겁다 한다
　또 하나의 사랑은 저만치 떨어져 울고 있다

가리라

저 높은 곳을 향해 기어오르리라
저 끝없는 지평선을 향해 끊임없이 뛰어가리라
저 거친 가시밭길도 덮고 또 덮으며 넘어가리라
저 깊은 수렁 속이라도 메우고 메우며 넘어가리라
저 태양은 나를 위해 떠 있는 것이고
저 반짝이는 별은 나의 마음을 위해 떠 있는 것이며
저 둥근 달은 내 시 한 편을 쓰기 위해 어둠을 밝히
는 것이니
저 끝없는 곳 그 어디라도 당당하게 가리라

내 여인아

지금까지도 모르고 왔습니다

그것이 죄가 되고 당신에게 상처가 된다는 사실을
말입니다

윗사람으로 행하는 당연한 일처럼 생각했던 행위가

당신에게 큰 상처를 주었다는 것을 이제야 반성합
니다

사무실에서 일상생활처럼 당신의 엉덩이를 툭툭 치
면서

허리를 감기도 하고 어깨 위에 손을 올려놓은 일들
이 그려집니다

의도하지 않은 것처럼 자연스럽게 했다지만 마음속
은 흑심이 있었습니다

회식 자리에서는 당신이 내 옆에 앉기를 바랬고

누군가 그렇게 하도록 했을 수도 있습니다

술을 따르게 하고 은근한 눈빛을 보내기도 하면서

취기에 따라 허리를 감기도 하고

허벅지에 손을 올려놓고 매만지기도 하면서

어깨를 껴안아 입맞춤하고 싶어 안달이던 모습이
선명하게 떠오릅니다

그 어떠한 행동에도 반항 없이 따라주던 당신이라 생각했는데

마음속에는 지울 수 없는 상처로 남아 있었다니 이제 마음이 아픕니다

2차로 노래방이라도 가는 날에는…

더 이상 말을 못하겠습니다

일상이었고 사회생활의 한 단면이라 여겨졌기에

상사는 그 위 상사로부터 대물림되어 내려오는 관습이라 생각했습니다

젊은 날. 윗사람이 그렇게 하는 모습을 지켜보다

정종 병으로 머리를 깬 적도 있었습니다

하지만 그 위치에 앉아 취기에 다다르니

손이 마음과 다르게 움직이고 있다는 사실을 알게 되었습니다

이것이 잘못임을 이제 깨달아야 됩니다

여인은 마음으로 안아줘야 합니다

그리고 스스로 안겨 올 때까지

가슴을 따뜻하게 데워놓고 기다려 주어야 합니다

그것이 탈 없는 사랑이 된다는 것을 이제야 알게 되었습니다

미투(Me too) 바람

가을도 아닌데
찬바람에 낙엽 떨어지듯
뚝! 뚝! 떨어진다

가을도 아닌데
하룻밤 자고 나면 또 하나의
낙엽이 떨어져 처량하게 뒹구는 것을 보게 된다

따스한 봄은 다가오고
푸른 새싹 밀고 나오는데
바닥에 내려앉아 발바닥에 밟히는 낙엽을 본다

자기가 하늘인 양
푸른 하늘을 가린 채 버티고 섰던 잎새들이
봄맞이도 못하고 낙엽 되어 뒹군다

그 바람이 오뉴월에도 내린다는 서릿바람인가 보다

오늘 아침에도

눈을 뜨자마자 뉴스가 배달되어 왔다
아니 뉴스가 눈을 뜨게 한 것은 아닌지 모르겠다
보지 말아야 할 소식들이
첫 번째 줄부터 나열되어 있다
전직 대통령 검찰조사 영장구속 불가피
강원랜드 채용비리 면직 파면
친딸 성폭행에 성매매
미투 바람 여전히 진행형
찬바람에 서릿발만 세우는 나라다
겨울을 벗어나지 못하고 동장군만 만드는 나라다
산수유는 노랗게 꽃을 피우는데
뉴스는 꽁꽁 얼어붙어
아침마다 커지는 고드름만 보게 한다
봄은 언제 오려는지
내 마음 그리고
네 마음만이라도 봄을 맞이하자

사랑이라는 건

지나다 보면
스치다 보면
만나다 보면
잊혀지지 않는 너
나를 욕하더라도
나를 미워하더라도
나는 너를 가슴에 담았다

가다가
지나가다가
스쳐 가는 것처럼 하지만
나는
더 이상 거짓말할 수 없기에
그리고 가슴에 다 채울 수 없어
술잔에 눈물을 담습니다

너를 사랑한다고
너를 좋아한다고
너를 내 것이라고

왜 그렇게 건너야 할 강이고 넘어야 할 산이지 모르겠습니다

가슴이 터질 것 같은
마음이 울렁이는 것 같은
우리
그런 삶 같이 가요
사랑은 이제 시작이랍니다

사랑해

꽃 배달

벽돌 담 아래
노란 수선화가 배달되어 왔다
지난해에 이어 두 번째다

수선화꽃을 받고 보니
며칠 전 낙산사에 핀
홍매화가 떠오른다
이렇게 봄이 다가왔는데 나는 왜 모르고 있을까

바람은 지난겨울을 잊지 못하고
으르렁대고 있지만
날카로운 이빨은 빠진 듯하다
그래도 색깔은 겨울 색이니
수선화가 배달되었어도 다가온 봄을 모르는 것일
것이다

푸른 하늘이 보고 싶고
맑은 풍경을 보고 싶다
눈이 침침해서 뿌옇게 보이는 것인가

푸른 꽃대 위에 피어난 맑은 노란 수선화
그 꽃잎에 입맞춤하고 싶은데
봄을 황사가 앞세우며 다가오니 눈 돌리고 싶지 않
다

바람이 잠드는 날
푸른 하늘로 눈 부시는 날
맑음으로 가슴이 시원스럽게 열리는 날
여기저기 피어난 꽃에 두 눈을 어디에 둘지 모르
는 날
하던 일 모두 집어던지고 숲길 찾아 떠나리다
함께 가는 사람 하나 없어도
나는 그 속에서 봄을 품을 것이다

차가운 여인

긴 겨울 당당하게 이겨내고 꽃을 피워 보여주고 있
건만
어디에 숨어 있던 칼날인가 붉은 꽃잎을 하얗게 지
워내는가
계절 따라 돌아서면 끝이라고 하지만
봄 햇살에 녹아버리면 흔적도 없이 사라진다고 하
지만
차디찬 너를 얹고 밤새워 떨어야 했던 순간은 시리
었을 것이다

바라보는 이 서로 입맞춤하는 것 같지만
꽃과 눈의 만남이 어울릴 수 있겠는가
겨울의 자리 봄이 차지해 꽃 피우는데
내 자리 내달라며 동지섣달 내렸던 눈 폭탄 쏟아
놓으니
차디찬 너를 맞으며 밤새워 떨었을 것인데 아픔이
었겠다

서울 여자 서산 남자

서산호수공원 벚꽃도 피지 않았는데
서산호수공원 벚꽃이 질 무렵 피는 개심사 꽃구경
가자는 여자
문수사 벚꽃도 피지 않았는데
문수사 벚꽃 만발해 흐드러질 때 개심사 겹벚꽃 피
어난다고 하는 남자
서울에는 기다림 없이 벚꽃이 활짝 피어나 마음에
닿는 감정이 없다고 하는 여자
삼화목장 길
용비지
문수사 길
서산호수공원에 벚꽃이 흐드러질 때 오면 함께하
자고 하는 남자
봄은 하나인데
봄을 맞는 마음은 둘이다

사랑의 열정이 아직도 있는가 묻는다

여인을 사랑할 열정이 있는가라고 묻는다
나 아직도 타는 목마름으로 사랑을 열망한다고 했다
사랑이 식으면 사는 목숨이 목숨인가
사랑할 수 없다면 뛰는 심장이 심장인가라며 되물
었다

여인을 뜨겁게 안아줄 가슴이 있는가라고 묻는다
나 아직도 활활 타오르는 가슴으로 안아줄 수 있다
고 했다
가슴의 불이 꺼지면 사는 목숨이 목숨인가
여인을 뜨겁게 안아줄 수 없다면 뛰는 심장이 심장
인가라며 되물었다

꽃이 피어나니
사랑이 그립다
꽃이 보이니
가슴이 뜨거워진다

식어버린 열정

그때는 눈이 마주치는 순간
달려와 손을 잡아끌고 겉옷에 조끼를 걸쳐주었다
오른쪽에 선 사람이 누군지도 알고
왼쪽에 앉아 있는 사람이 누구인지 알았으며
앞에 서 있는 사람이 누구인지 알고
바라보며 눈인사라도 했었다
꽃피고 지고
나뭇잎 피고 지고
낙엽 떨어져 뒹굴고
눈 내리고 녹아 난 뒤
다시 꽃이 피고 있는데
그 순간 오른쪽에 서 있는 사람은 누구인가
왼쪽에 앉아 있는 사람은 누구지
앞에서 서 있는 사람만이 눈인사 나눈다
그 속에 씨앗을 심을 수 있을 수 있을까 했던 척박
한 땅
어느 누가 밭이 될 수 있을까 꿈이나 꾸었을까
그 자리 일궈 씨앗 심어 가꿔 꽃피고 열매 맺어놓
으니

따먹는 사람 쥔장이고 심어놓고
돌아선 사람 온데간데없다.
꽃은 피고 진다는 것을 이제야 아니
내가 바로 시절이다
가슴에서 지워버린 사람을
가슴 앞에 두고 있는 사람들인데
내 돌아서면 그만인 것을 왜 자꾸 뒤돌아보게 되
는지
내가 참 미련한 사람이구나.
나도 양쪽 면이 같은 마술용 동전처럼
삐빠(사포)로 밤새워 밀어야 하는지 스스로 묻는다

불륜

하얀 꽃이 떨어진 자리에
좁쌀보다 더 작은 열매가
달려있는 것을 보며
흐뭇한 웃음을 던지지만
두 눈은 옆에 피어난
탐스런 겹꽃망울에 갑니다

어느새 마음은
뭉글뭉글 붉게 피어난
꽃잎을 가슴에 담고
봄날의 따스한 햇살과 마주합니다

지난 삼월의 쌀쌀한 바람에도
퍼부어 대는 빗줄기에도
끝까지 붙어 말라비틀어지며
잉태한 열매를 감싸 안고
열매가 영글며 말라비틀어진
꽃잎을 떨어지게 하고 있지만
너를 잡아줄 이 몸은

화려하게 피어난 꽃에
눈길이 가고 마음이 가니
봄바람이라 어쩔 수 없다 합니다

4 ^부

비는 내리고

봄 마중 가는 태양

눈이 씨알만큼 내렸다
내렸다기보다는 흩뿌려놓은 것 같다
심술궂은 사람 길가 쌓인 잿더미를 걷어찬 듯
눈이 흩뿌려져 있다
아마 지난 겨울바람이 심술을 부렸을 게다
자꾸만 자꾸만 자기 곁을 떠나는 것에
심술을 핀 것일 것이다

어느 날 같으면
흩뿌려진 눈을 보면 어깨가 움츠러들 일인데
겨울바람이 사납게 울부짖은 듯하면
더구나 심술을 부렸다면 더 빳빳해지는 느낌일 터
인데
소매 속으로 밀려오는 바람이 포근하게 솜털을 간
질인다
하늘을 올려다보니 밝은 태양이 반짝이며
"나 봄 마중 가는 중이야"라고 속삭여준다

봄바람

네가 있어 마음이 따스하고
네가 있어 마음을 설레인다

꽃잎만큼이나 불그스레한 너의 얼굴
바라보는 것만으로도 행복하고
푸름으로 가득한 숲길을 걷는 생각만으로
가슴 벅찬 감동으로 다가온다

스치고 지나가는 바람에
꽃잎이 흔들리며 보여주는 속살에 마음 설레이고
연푸른색 나뭇잎의 연한 모습에
가슴 뛰게 한다

봄바람
네가 있어 마음이 따스하고
네가 있어 열정을 가질 수 있다
너를 가질 수 있다면
너를 가질 수 있다는 희망을
봄바람 네가 있기에 마음에 품는다

이날이 가고 나면
더 멀어질 감정일 터인데
봄바람이 남아 있는 날 사랑하고 싶다

봄날

어느 봄날 아침
살짝 다가와 안겼다

살짝 삐친 모습에
웃어봐 하니까 활짝 웃었다.

봄꽃이 피려면
바람도 맞고 눈도 맞기에 그래서 더 예쁘다

따스한 봄날 아침
살짝 다가와 안기기에 와락 안아줬다

봄비

　네가 온다는 소리에 설레어 눈을 떴다
　네가 다가와 문을 두드리는 소리는 심장 뛰는 소리
에 묻혔다
　어쩜 그렇게도 너의 소리는 변함이 없는지 반할 수
밖에 없다
　뛰어나가 너의 품에 안기고 싶어도 용기가 없어
　방 안에 숨어 소리만 듣는다

　네가 온다는 소리에 잠에서 깼다
　네가 다가와 문을 두드리고 있어
　추웠던 긴 밤은 가고 새벽이 다가왔다
　어쩜 그렇게도 너의 가슴은
　변함없이 뜨거운지 반할 수밖에 없다
　문을 활짝 열고 달려 나가 너를 안아주고 싶지만
　긴 겨울 이기고 움트는 자연에 양보한다

　너의 소리를 들으며 나의 여인을 깨운다
　너의 가슴을 생각하며 내 여인의 가슴에 안긴다
　네가 자연과 엉기어 봄을 캐듯

나는 내 여인과 엉키어 봄을 만든다
네가 오는 소리를 들으며 뜨거운 새벽을 열었다

봄이다

보라 5월의 장미를

눈이 부시다
너를 바라보는
내가 부끄러워 고개를 숙인다
붉은 입술 너울대며
다가서는 너의 자태에
나는 숨이 멎을 듯하다

가슴 속이 휑하다
내 가슴을 채워주던
너의 은밀한 속삭임은 그 어디에
달콤한 입술로 다가오며
감겨오던 짜릿한 입맞춤을 생각하면
나는 오월의 장미 앞에 부끄럽다

오월이 간다

신록의 푸름을 열어놓고 가버리는 오월
그 푸름 속에 사랑을 속삭여보려다 때를 놓치고
떠나보내는 오월
울타리마다 붉은 장미만 활짝 피어놓고
떠나가는 오월
그 장미를 바라보며 마음속마다
허전함만 채워놓고 가는 오월
내년 이맘때는 사랑도 속삭였다고
허전함은 그리움으로 바뀌었다고 말하고 싶다

유월 첫날

눈을 뜨니
유월 첫날 아침이다
해가 맑다는 것은
창문 커텐 사이로 하얀색이 비치기 때문이다
학교에 가느니 마느니 하는
잡다한 소리는 아내와 막내딸의 대화다

카톡! 카톡! 카톡!
유월 첫날 아침부터
울려 퍼지는 소리에 귀를 열고 눈떠 바라보니
나 잘났다
너 못났다
그래서 만나 싸우자는 소리다

카톡!
나보고 싸움의 심판을 봐달라고 한다
두 눈 시퍼렇게 부릅뜨고
두 팔 휘젓고 다닐 땐 보이지도 않더니
흠집하나 생기니 달려드는 파리들 마냥 신나 죽겠

다는 식이다
  유월 첫날 아침부터 파리채를 들어야 했다

  그래도 유월 첫날
  달라니 준다고 하는 소리에 감사하고
  쓰라고 하니 쓴다고 하니 감사하고
  이해하라니 이해한다고 하니 감사하고
  이해했다고 걱정하지 말라 하니 감사하고
  함께 가자니 같이 가겠다고 하니 감사하다

유월이 익어가는 어느 날 아침

장인 막내 공주가 문을 열고 나가니
바로 그 공주의 막내 공주도 문을 열고 나간다

유월이 익어가는 날 아침 창가로 스며든 햇살 아래
긴 머리카락 몇 올만 반짝이며 빛을 토한다

혼자의 시간에 즐기던 쾌락의 손놀림은
어젯밤 은밀히 쏟아낸 터라 아령을 잡는다

묵직한 가슴근육에 손을 얹으며 씨익 웃고
당당하게 벗어던지고 욕실의 거울 앞에 서본다

계단 타고 내려오며 내 폰에 날아든 꽃에 웃음 절
로 나오며
그래 이 꽃보다 더 예쁜 건 당신인데 라며 발걸음
이 가볍다

유월이 익어가는 날 아침
유월의 햇살에 익어가는 달콤한 입술을 훔칠 칠월
의 어느 날을 떠올린다

비는 내리고

새벽으로 가는 시간 잠 못 이루고 있는데
빗방울은 창문을 토독토독 때린다
빗방울이 떨어지며 내는 소리가
잠 못 이루는 나를 찾는
여인의 노크 소리라면
새벽인들 어떻고
훤히 밝아오는 아침이면 어떠한가
땅바닥으로 떨어져 스며들면 그만인 비이니
잠 못 이루며 뒤척이는 이 마음만 애닳는다
그래도 봄을 부르는 비라니
소리만이라도 가슴에 안아주자
새벽이 오기 전에 먼저
잠든 여인의 뒤를 쫓아가야겠다

예쁜 꽃잎은 푸른 잎사귀 되어 온다

비가 멈췄다
애써 피운 꽃잎을
미우리만큼 두들기듯 내리더니
구름으로 하늘을 가려놓고 멈췄다

그래 비라도 멈춰야
하얀 시트 위에 누워있는
예쁜 꽃잎의 아픔이라도 덜어주지
눈을 떠 빗방울이 첫소리라면 아프지 않겠는가

꽃잎은 이미 졌다
비가 아니더라도 때가 되어 떨어졌다
예쁜 꽃잎이 푸름으로 녹아든 잎사귀 되어 오는 날
푸르른 숲 길 위를 거닐며 손 한번 꼭 잡아주리다
마음고생했다고

민들레라면

하얀 꽃을 피우든
노란 꽃을 피우든
하얀색 속에 노란 꽃을 피우든
사랑할 나이에 피어난 하얀 깃털 펄럭이며
불어오는 바람 타고 날아가 그대 품에 안길 수 있
을 터인데
가고 싶어도 못 가는 마음 민들레만이 부러운 봄
날이다

말복

111년 만이라는 숫자가 뜨거웠다
입이 추어진다는 우스갯소리의 입추도
고개를 내밀지 못하고 녹아내렸다

날이면 날마다
태양에 달궈진 쇠붙이에 살갗이 닿으면
지지직 익어버릴 것 같은 뜨거움이었다

말복 날도 어쩌라고 할 정도로
뜨거운 폭탄을 쉼 없이 퍼붓는다 했더니
해가 저물어갈 무렵 한 줄기 바람이 절기를 살린다

그래 그랬다
시간과 절기를 알 수 있는 건
나이를 먹어감이라고

나이 한 살이 성큼 다가서고 있음을 모른 체 할 수
없다

겨울눈이 내리던 늦은 밤에

반가운 사람 만나 행복한 밤
그와 함께 술을 마셔 즐거운 밤에
결혼식 날 친구들이 날려주던 눈꽃 스프레이처럼
하얀 눈이 머리 위로 내려 온몸을 휘감아 돈다

헤어지는 아쉬움을 가슴에 묻어주고
눈꽃을 온몸으로 받으며
가로등 불빛 아래 펼쳐지는 눈 춤의 향연을 보며
한 걸음씩 어둠의 공간으로 접어든다

술에 취해 정에 취해 눈꽃의 향연에 빠져
허우적대던 몸 뉘어 스르르 감겨오는 눈꺼풀의 포
근함에 빠져드는 순간
캄보디아 여인과 통화할 때 듣던 턴터던팅 턴터던
팅 벨소리가
머리맡의 휴대폰을 깨우고 나의 눈을 뜨게 한다

턴터던팅 턴터던팅
턴터던팅 턴터던팅 한참을 울려대던 소리가 잠시

멈추는가 싶다가

　띠리링으로 바뀐 벨소리에 손을 던져 잡은 휴대폰
화면 바라보니

　겨울눈이 자기를 더 품어 달라고 깨우고 있었다

눈이 내릴 것만 같은 날

긴 시간이 흘렀지만
그날도 이랬던 기억만큼은 지워지지 않고
마음 한구석에 바위처럼 눌러 앉았다
해도 보이지 않고 구름도 보이지 않는
회색빛 감도는 그런 날씨
어느 한 곳을 톡 건들면 바로
하얀 눈이 펑펑 쏟아져 내릴 것만 같은
그런 날이 오늘 펼쳐져 눈에 들어오니
마음 한 구석에 눌러앉은 바위가 쿵 울림을 준다
긴 시간이 흘러
눌러앉은 바위가 마음에 묻혀
움직이지 않을 줄 알았는데
두 눈을 통해 하늘을 바라보게 하고 있다.
불러도 오지 않을 여인인데
불러도 오지 않을 하얀 눈인데
회색빛에 마음을 던지고 있으니
이 겨울이 쓸쓸한가보다

5 부

마음의 가뭄

방풍주

풍에 좋다는 방풍주
너도 한잔
나도 한잔
풀냄새
술 향 코끝에 머물고
혓바닥 거쳐 목으로 넘어가는 맛 짐짐한데
한잔 또 한잔 그리고 한잔 그리고 또 한잔
취함은 어디 가고 가슴으로 적셔지니
이놈의 속은 스펀지인가
아님 방풍주가 녹아내리는 것인가

술 병(病)이네

이 시간쯤이면
속이 싸아 해지며 쓰린 듯 살짝살짝 위벽을 긁는다
커피라도 한잔 더 한 날은 더 쎈 쓰림
이럴 때 소주 한잔 털어 넣으면 싸악 가실 터인데
술주정뱅이 다 됐다고 눈총 받을까 봐
해 넘어질 시간만을 기다리며 싸한 속을 달랜다

오후 네 시가 되면
언제부터인가 위 속에 띄워진 찌가 입질하듯 살짝
살짝 건드린다
엇저녁 술이라도 몇 잔 더한 날은 입질이 큰데
이럴 때 소맥한잔 말아 들이키면 시원하게 손맛을
볼 터인데
알코올중독자 되었다고 눈총 받을까 봐
입질도 모르는 척 어둠을 기다리며 웃는다

아직은 술주정뱅이가 아니라고
알코올중독자도 아니라면서 웃는다

커피가 맛없는 날

비가 내리는 날
커피 한잔을 앞에 놓으면
그 향에 취해 뜨거운 입맞춤을 한다

비가 내리지 않더라도
진한 커피 향에 취해
뜨겁게 달궈진 입술을 훔치듯 빨아대는 날도 있다

비가 내린다
커피 한잔을 타 여느 날처럼 앞에 놔두고
끓어오르는 열기를 잠시 식힌다

식으며 코끝을 간질이는 향의 유혹에
뜨거운 입술을 훔치게 되는데
향은 어디로 날아가 갔는지 손길마저 가지 않는다

비가 밋밋하게 내려서인가
향도 없고 맛도 없는 날
한 잔의 소주는 맛이 있으려나…

술(酒) 기운

눈 내린 날
한잔의 술로
하얀 세상을 덮어버렸다

하얀 눈으로
가슴을 열어야 할 날에
취기에 한 겨울의 찬바람을 가슴에 안았다

불러본다고
차가운 가슴에 네가 안길 수 없듯
하얀 눈꽃이 만발해도 떠나는 너의 발걸음을 잡을
수 없다

간다면 가라 하라
봄날 눈부신 꽃잎도 잊어버린 사람이
찬바람에 핀 눈꽃에 마음을 되돌릴 수 있을까 내 스
스로 묻는다

마음의 가뭄

먼지만 풀풀 날리고 있다
뜨거움에 데인 헛바닥마냥
말로 표현 못할 야리까리한
까칠함만이 맴돈다
눈 내리고 녹고 얼었다 풀리고
비 내리어 촉촉하게 젖어 있거늘
떠진 눈은 보이지 않고
열린 귀로는 들리지 않는다
메마름으로 풀 한 포기 솟아날 것 같지 않은
거친 밭 흙먼지만이
불어오는 바람에 날리니
밭두둑의 자갈만이 제 모습을 보여준다
가물었다
내리는 비로도 해갈되지 못할 메마름이다
풀 한 포기 싹틔우질 못할 만큼
메마름을 채워줄 봄비는 언제 내리려나
봄비에 피어난 꽃이 기다려지는 긴 가뭄이다

내가 홀아비여

새벽녘
옆에 더듬으면 손길에 닿는
여인의 여체가 있었으면 하는 바람이 헛바람인가
방문을 냅다 열어젖히고 '내가 홀아비냐'고
고래고래 소리 지를 수도 없는 날들 속에
사리를 품을 수 없어 호락질로 달래야만 하는 날이
춘삼월 봄날이라니
나이 들어간다는 소리가 서글픈 타령으로 들리는
구나

새벽녘
날이 새며 태양이 오르듯 불끈 솟는 것이 있어
옆을 더듬으면
손길에 감기 듯 감겨 와야 하는 바람이 헛바람인가
방문이 벌렁벌렁 나자빠지도록
'내가 홀아비냐'고 온 동네 떠나가게 소리 지를 수
없는 처지다 보니
총각 시절 하듯 슬그머니 달래야만 하는 날이
춘삼월 봄날이라니

뜨겁게 타오른 마음과 육체는 시절 되고 마는구나

상처 난 너의 얼굴

말하고 싶었을 것이다
누군가에게 아프다고 말하고 싶었을 것이다
머나먼 타국일지라도 생각나는 사람이기에
아픔을 말하고 싶었을 것인데
누르고 눌러도 빈 신호음만 갈 뿐
툭하고 신호음이 끊어지며
반기는 목소리 들리지 않으니
큰 두 눈에 눈물만 글썽이었을 터
안쓰러워 안아주고 싶어도
두 손을 쭉 뻗어도 닿지 않으니
내 가슴만 찡하다

개살구

반질반질한 윤기
미소라도 흘릴 때 바라보면
금방이라도 한 입 베물어
와자작 씹어 먹고 싶은 마음이 앞서면서도
먼저 매만지고 싶은 유혹

헤헤 벌어진 입가에 고인 침
턱 면 타고 흐르는 줄도 모르고
두 눈은 그 속에 빠져드니
당장이라도 풀어헤치고 한 입 베어 물고 싶은
예쁜 몸매에 넋을 놓는다

침 고인 혓바닥으로
예쁜 몸매를 핥아가며 입술로 꼭지를 무니
달아오른 이빨이 살결을 한 입 베어 문다
툭하고 터진 육즙이 혀를 감아 도는 순간
달콤한 침은 메말라지고 그 위 덮어지는 쓴맛 퉤
퉤퉤

술 취한 날 하지 말아야 할 짓

술에 취하면 나도 모르게 손이 가는 것이 있다
그것으로 인해 뒷날 아침 괴로워하는데도
그 유혹에 쉽게 벗어나지 못한다

술에 취해 집에 들어오는 날
식탁 위 음식은 진수성찬이다
막내 딸이 먹다 남긴 피자 조각도 꿀맛이고
뜯어먹다 놓은 족발도 감칠맛이다

술에 취해 집에 들어오는 날
아내의 얼굴은 싸움꾼으로 보인다
밖에서 마음 상한 일 아내가 시키기라도 한 듯
껌을 잘근잘근 씹듯 그렇게 아내를 씹는다

술에 취해 집에 들어오는 날
침대에 누워 스마트폰을 열면 마음이 손가락으로
움직인다
유치하기도 한 글도 고약하기도 한 글도 보내고
뒷날 머리를 베개에 처박고 괴로워한다
하지 말아야 할 짓거리다

6^부

계절이 오는 소리

또 한 해를 보내며

부풀어지게 다가왔던 해였다
하지만 그 마지막 날은 그 어디에도 볼 수 없다
이미 다가올 새해의 날짜만이 눈에 보일 뿐이다
숨 가쁘게 달려왔다지만
남겨진 것이 무엇인지는
잠시 고민해야 할 입장이다

2017년의 시작은 하늘 위에서 맞이했고
하늘을 나는 일이 그 어느 해보다 많았다
좋은 일 하면서도 뒤통수 얻어맞아 멍들기도 했다

믿어야 할 사람
믿지 말아야 할 사람의 선이 그어진 2017년
바지 끈을 붙잡아 당겨도 당당하게 걷고자 했다
좋은 사람도 많이 만나 웃었으며
몸은 비록 나잇살을 먹어가고 있었지만
술도 마음껏 마시고 즐겼다

피붙이에 피붙이가 이어졌고

아름다운 길 위에 손잡고 거닐기도 했으며

마음으로 타오른 사랑 몸으로 식히다보니 하룻밤
이 새기도 했다

전국을 누비고 세계를 열었다

대만도 가보고 마카오도 가보고 캄보디아도 가고

중국 땅도 밟아보고 필리핀 땅도 밟아보니

세상은 이제 보이더라 그 해가 바로 2017년이었다

무술년이 열렸다

개가 황금을 목에 걸었다
사랑하는 여인의 입에서 쏘옥하고 나오는 혀처럼
붉은 해가 산등성이 타고 넘어오는 광경이든
저 멀리 바다 밑바닥을 치고 올라오는 모습이든
보지는 못했지만 황금을 목에 건 개를 상징하는 해
가 떠오른 건 사실이었다

기나긴 밤 부여잡고 흔들다
황금을 목에 건 개가 제 세상을 알리며 짖는 시간
힘차게 분출하며
꿈자리를 펼쳐놓는다

가지 말래도 가야 할 해고 멈출 수 없는 해이거늘
가야 한다면 힘차게 가자
누가 뭐라 하더라도 바른길로 당당하게 가자
개 목에 걸린 황금을 내 목에 걸어보자
지금까지 살아온 세상 이제 만만하지 않은가
그 세상을 내 품에 안아보자

그라스에 가득 담겨진 소주 한 잔을 베어 물 땐 물
더라도

　한 번에 쭈욱 넘길 땐 넘겨야 한다는 것 이제 보여
주자

　개가 목에 걸린 황금을 세상 위에 뿌려놓았다

　가자 이를 거둬들이러 어깨를 쫙 펴고 당당하게 걸
어가자

　이제 우리 세상이다

무술년 입춘

입춘이라고 하던 날
코끝과 귓불이 베이는 줄 알았다
붉은색 아망이를 머리에 눌러썼다
지켜보던 아이들이 웃는다.
거울을 보니 아망이를 쓴
나의 모습은 보이지 않고
아버지의 모습이 떠오르는 것은 왜일까
추운 날 아망이를 쓴 아버지가 밖에서 일하시다가
손을 후후 불며 아궁이 앞으로
다가오던 모습은 당당했었다
나도 그 모습일 터라 아이들이 웃는 것일 것이다
지금 나의 아버지는 아망이를 쓰지 않으신다

*아망이(일명 벙거지)는 털모자임

흐름

무술년만큼이나 빨리 가는 시간을 맛보지 못했다
시작해 한 달 지나 두 달째 중간으로 가는 시간이
지만
한나절 만에 이만큼 다가온 것 같으니 세계신기록
을 수립한 것만 같다

지금까지 살아오면서
이처럼 번갯불에 콩 튀겨먹어야 할 듯 순식간인 시
간을
이만큼 만에 도달해 본 적이 있는지 곰곰이 생각해
봐도 무술년이 처음인 것 같다

달콤한 연애에 빠져 허우적거리던 지난날도
이처럼 봄 여름 가을 겨울이 한꺼번에 휘감아 돌아
선 시간이 있었나
아무리 생각해도 한 달 보름 만에 스쳐 지나가는 해
는 없었다

계곡을 빠져나오는 물줄기 빠르다는 소리는 들었

어도

　바다 앞에 두고 흐르는 물줄기 빠르다는 얘기는 못 들었지만

　인생의 뒤안길은 아침이슬이라 했는가 반짝이는 햇빛 받아 온데간데없다

　매우 빠르다

　그 위에 올라타

　내일을 그려야 하는데 이 순간이 번쩍 사라지는 것을 멀거니 볼 뿐이다

　하지만

　누가 뭐래도 스쳐 가는 시간을 잡아야 하기에

　두 눈을 부릅뜬다

선거가 다가오면

나오려고 그러냐고 한다
나오려고 하니까 그런다고 한다
행사장에 얼굴 내밀면 준비하냐고 한다
준비하니까 행사장에 얼굴 내미는 것이라 한다
오늘도 만난 두 사람이 그랬다
이번에 나오는 것이냐고
그러기에 나가지 않고 만들겠다고 했다
그러고 보니 선거가 다가왔다는 것을 알겠다
나는 나를 안다
나를 내가 알기에
누가 뭐래도 나는 나가려 하지도 않을 것이고
나가라고 한다 해도 나가지 않을 것이다
내 마음대로 사는 것도 부족한 시간인데
남의 눈치 보며 살아가야 할 일 아니다
'나갈 것이다'라고 믿고 있는 꾼들아 걱정 마라
비행기 타고 세상 구경하면서
이 동네 저 동네 마음씨 좋은 친구들과 돌아다닐
란다
술집 앞을 지나면서 나의 목소리가 들리거든 주저

하지 말고 들어오라
　내게도 한 잔 술 나누어 마실 수 있는 여유는 있으니

왜 이렇게 눈물이 나는지 모르겠습니다

-김희진 선생님께 바칩니다

왜 이렇게 눈물이 나는지 모르겠습니다

떠올려보면 볼수록 눈물이 울컥 맺혀 잠시 눈을 뜰 수가 없습니다

우선 선생님께 진 빚을 하나도 값지 못한 것에 죄송하기만 합니다

아니, 갚으려고 아무 노력도 하지 못한 내 자신이 부끄러워 마음이 더 메어지는 것 같습니다

정말 그때 저는 제 아들 때문에 참으로 괴로워했었습니다

사춘기와 사회로의 진출을 앞두고 학교에 대한 불만과 사회에 대한 반항이

최고조에 올라 있는 아들의 손을 맡길 수 있는 곳

어느 누구에게도 손을 내밀 수 없을 때 떠오른 것은 바로 선생님이었죠

철부지 초등생을 지리산으로 이끌고 가

호연지기를 키워주시고 리더십을 가르쳐 준 선생님이기에 용기를 내 부탁했었습니다

선생님은 단 한마디 거절도 않으시고 좁은 티코승

용차로

　아들과 함께 초등학교 담임이었을 때 찾았던

　지리산을 다시 찾아 방황의 끝을 메워주셨습니다

　당시 선생님께서 병마와 싸우고 있다는 소식도 들었지만

　저는 아들의 방황만 생각했지 선생님의 어려움은

　한 귀로 듣고 한 귀로 흘려버린 결과가 되어버렸습니다

　세월이 흘러 성장한 아들이 자기 짝을 찾아 혼인을 올릴 때

　얼굴은 보이지 않았지만 누구를 통해서인지 보내주신 축의금을 받아든 순간

　저는 또 한 번 선생님께 빚을 지는구나 생각했었습니다

　그리고 오늘까지 저는 선생님에 대한 고마움 그리고 진 빚에 대한 생각을

　까맣게 잊고 있었기에 부끄럽고 죄송한 마음에 눈물이 나는 것 같습니다

　선생님의 영혼이 묻힌 그 자리를 찾아가는 제 아들

이 선생님의 가르침을

　제대로 받았나 봅니다

　조금만 먼저 알았어도 제가 아들과 함께 선생님의 떠난 자리에 찾았을 텐데

　이렇게 선생님을 기립니다

　선생님을 만나러 가는 아들과의 통화에서

　아들도 눈물을 흘렸는지 목이 메는 목소리였습니다

　남원 그 어딘가에 멋진 나무로 커질 선생님

　우리 두 부자는 선생님께서 보내주신 은혜와 감사 잊지 않겠습니다

　그리고 오늘은 비록 아들 혼자 내려가 술 한 잔 올리겠지만

　멀지 않은 날에 아들과 함께 내려가 나무로 자라는 선생님을 뵙겠습니다

　그 누구에게도 선생님이라는 호칭을 붙이지 않지만

　김희진 당신만은 제게 훌륭한 선생님이시며

　제 아들에게는 영원한 스승님이십니다

　저희 부자에게 보여주신 참 교육자의 모습은

　이 나라 전 교육자가 본 받아야 할 모습이라 하겠

습니다

편안히 영면하소서

계절이 오는 소리

여름이 가고 가을이 오는 줄 알았더니
가을은 창문 틈으로 새어 들어올 뿐
겨울이 대문으로 자기 집인 듯 성큼성큼 들어서고
있다

하룻밤 지나고 나면 푸르던 잎새는 노랗게 물들고
붉게 물들었던 나뭇잎들은 땅 위에 떨어져
발길에 밟혀 '버석 바스락'거리며 웁니다

손잡고 거닐어야 할 가을 코스모스 길은 언제 걸
어 볼까나
내장산 단풍 길은 거닐었지만
부춘산 게이트볼장 앞길은 언제 걸어볼까
가을이든 겨울이든 상관없이 술타령이면 계절은 잊
으리다

천리포수목원 가는 길

양력 섣달 사흘

꽃샘추위가 물러간 어느 봄날에 비가 내린 날 아침처럼

포근함이 마음속에 쌓인 갯벌을 사르르 타고 넘어오는 밀물에

젖어가는 투영이 두 눈에 채워져 유혹으로 다가온다

그런 봄날이 오려면 큰 재 하나를 넘어야 하는데

넘지도 못하고 가슴에 안아버린 듯 착각에 빠져

출렁임조차 없는 밀물에 맡긴 갯벌의 젖어드는 풍광에

젖가슴을 어루만지는 유혹에 빠져 버렸다

이 따스함의 유혹에 빠지면 안 된다는 것을 알면서도

뿌리치지 못하고 촉촉하게 젖어드는

갯벌의 보드라움에 얼굴을 묻고

갯벌과 밀물 사이 질펙임 속에

또 다른 세상을 훔치며 가슴을 열고 다가오는 찬바

람을 담으려 한다

천리포수목원 가는 길가 벚나무에 꽃이 활짝 피었듯
봄이 아닌 날에 포근한 비 내림은
우리 살아가며 사랑하는 것과 뭐가 다른가

꽃이 피면 피는가 하고
포근한 비가 내리면 내리는가 하며
우리 살아가며 뜨겁게 사랑한다고
누가 시절이라 할까 피고 싶어도
피우지 못하는 꽃눈만이 겨울 찬바람에 얼어 떨어
지리다

겨울 여행을 기다리며

춥고
싸늘하고
얼어붙고
움직이기 싫은
어쩔 줄 몰라 하는 계절
겨울이라는 것을 왜 몰랐을까

첫사랑이
겨울에 맺어졌기에
사랑은 겨울에
이뤄지는 줄 알았지
이래서 바보라는 것을
이제야 아니 겨울의 문턱이다

꽁꽁 얼어붙은
얼음 골짜기라도 있다면
내 그 속에 자리 잡아
지난날 잡지 못한 사랑의 줄을 잇고
이제야 찾아온 사랑의 끈을 잡아 가슴에 두를걸

잇지도 못하고 두르지도 못하니 텅 빈 가슴 채우는
것은 술뿐이다

발문

눈이 씨알만큼 내리는 행복

■ 눈이 씨알만큼 내리는 행복

-김용길 (시인·문학평론가)

1

시는 태초부터 이어져 왔다. 우리 행성에서 시는 끊임없이 자아를 새롭게 하고 삶을 노래하는 예술로 면면히 이어져 왔다. 더러는 흙 속에 묻히고 바람 속으로 날아갔으나, 5천 년 역사에서, 수백만 명의 사람들이 시를 쓰려고 노력했고 많은 작품을 남겼다.

모든 시대를 막론하고 시를 쓰는 전통은 아주 오래되었다. 시인은 자기 자신이 경험한 것에 대해서 쓴다. 아무리 상상력이 뛰어난 시인이라도 그 상상의 근저에는 자신의 경험이나 시대의 경험이 채록되어 있다.

동시대의 사람들은 그 경험을 공유하고 있는 편이다. 시인은 별난 사람이 아니고 그렇게 이기적이지 않다. 시대가 공유하는 경험과 예감을 대부분의 다른 사람들이 놓치고 있는 반면, 시인은 그 경험을 들추어내서 반추하고 예감을 제시할 뿐이다.

영국의 시인 필립 라킨(Philip Arthur Larkin)은

자신의 '경험을 보존하기 위해 시를 썼다'고 말한 바 있으나, 시인의 시 쓰기는 자신을 위한 것이 아니라, 다른 사람들을 위한 일기장이었다. 말하자면 시는 인류의 기억의 일부다. 그러므로 시는 순전히 개인적인 것을 초월해서 그 시대의 산물이 되는 것이다.

사람들은 눈앞에서 일어나는 큰 시대의 변화, 진정으로 영감을 주는 것을 만날 때마다, 통찰력과 활력을 발휘해서 시를 쓰기 시작한다. 그래서 '시인은 인정받지 못한 인류의 입법자'라고 시인 셸리(Percy Bysshe Shelley)는 말했다.

이 시집은 현산 가금현 시인이 다섯 번째 상재(上梓) 하는 시집이다. 그래서인지 시에서 여유가 묻어나 보이고, 관조의 시선이 매우 그윽하다. 하지만 그의 젊은 혈기는 아직도 여전하다. 그는 기자답게 세상사 많은 일에 호기심이 많다. 세상의 부조리와 비합리에 예봉(銳鋒)을 들이대지만, 계절이 오고 가는 길목에서는 예인(藝人)의 정서가 잔뜩 묻어난다. 그는 삶에 대한 열정이 넘치는 호남아답게 사랑타령 또한 여전하다. 여행을 좋아하는 그는 많은 곳을 싸돌아다니며 견문을 넓힌다.

현산은 늘 웃는다. 손흥민 선수가 늘 밝은 웃음으로 사랑을 받고 있듯이 현산도 주변에서 웃음으로 사랑을 받고 있다. 그런데 주변 사람들은 그렇지 않은 경우가 많다.

한 번뿐인 삶을 살아가기에 선하고 아름답게 살아가야 한다고 믿고 사는 사람들이 있는가 하면, 어떻게 하든 남을 짓밟고 혼자서 호의호식하면서 독불장군처럼 살려고 발버둥 치는 이들이 있다. 특히 언론인인 그의 주변에는 철새 정치인들이 많은 데 현산은 그런 사람들을 볼 때 마음이 짠하고 안쓰러워서 이렇게 일갈(一喝)한다.

눈만 뜨면 물고 뜯는다
물고 뜯는 얘기를 써놓으면
한쪽 편 얘기로만 키질한다

펄럭펄럭 키질하는데 알곡은 없고
빈껍데기만 펄럭펄럭할 때마다
날라리 날 듯 날아간다

참 뻔뻔하기도 하다
돌아서면 바로 탄로 날 거짓말을
보란 듯 서슴없이 내뱉는다

아니다 아니라고

내가 하지 않았다고 저 사람한테 물어보라고
저 사람이 이 사람이 거짓말했다고 하면 끝이다
그러면 스스로 목매달아 죽기 때문이다

이 나라에
스스로 목매달아 죽는 사람 천지다
목매달아 죽든 기름 가마에 뛰어들어 죽든
눈 하나 꿈쩍 않는 무리들
그들이 가고자 하는 길은 도대체 어디인가 묻고 싶다
                              – 〈산천에 살리라〉 전문

우리는 살다가 이따금 폭풍 같은 비, 날카로운 세
파에 손톱에 할큄을 당할 때가 있다. 처음에는 반항
하고 분노하지만 세상일은 다 지나가기 마련이다. 현
산이 그런 일을 당했을 때 일으키는 반응은 이렇다.

손으로 막을 수 없고
우산으로도 막을 수 없다
싸구려 우비를 입었다면 벗고 다니는 것이 낫다
그래도 비싼 탄실한 우비를 입어야 만이
견딜 것 같은 빗줄기가 바람과 함께 내리친다

웃음이 터졌다

등산화를 감싼 바짓가랑이가 촉촉하게 젖어오며
등산화 속 양말을 야금야금 적셔오지만
가슴 한 켠 쌓아졌던
내 자신도 알지 못할 앙금이 웃음과 함께 터져 나와
빗줄기 타고 타닥타닥 땅바닥을 치며 흘러간다

하하하 자꾸만 웃음이 나온다
미친놈처럼 웃어도 빗소리에 들리지 않고
뿌려지는 빗줄기에 보여지지 않아 좋다
폭풍 비
네가 나를 비워주는구나

-〈폭풍 비〉 전문

현산은 폭풍 비 같은 상황을 만나면 씩 웃는다. '웃음이 터졌다. 하하하 자꾸만 웃음이 나온다'.

그렇다고 바보가 아닌 바에야 상처 없는 영혼이 어디 있으랴. 특히 언론인인 그는 많은 사람들을 만나야 하고 그러기에 많은 상처를 입는다. 특히 말보다 글에 베인 상처는 오래간다. 아니 글은 말처럼 허공 중에 날아가는 것도 아니고, 썩어지는 것도 아니기 때문에 상처는 깊고 덧나기 쉽다.

말 한마디의 상처는

삼십 년 묵은 세월이란 약초가 있어 씻은 듯 나았
다 했는데
　글 한 줄에 베인 상처는
　얼마나 묵은 세월이란 약초로 나을 수 있을까
　찬바람이 더욱 차게 와닿는 밤이다
–〈그땐 그랬는데 이제는〉 부분

　늘 사람 좋아 보이고, 늘 웃고, 흥에 겨운 현산 같
은 사람도 〈마음의 가뭄〉이 몰려올 때도 있는 법이다.
올봄처럼 기나긴 가뭄도 그렇고, 사람과의 관계가 삭
막해질 때도 그렇고, 돈 관계도 그렇고 본인의 이해관
계가 바닥이 나면 비로소 해갈되지 못한 메마른 마음
이 오기도 한다.
　말 한마디의 상처는 〈마음의 가뭄〉을 몰고 오기도
한다.

　먼지만 풀풀 날리고 있다
　뜨거움에 데인 혓바닥마냥
　말로 표현 못할 야리까리한
　까칠함만이 맴돈다
　눈 내리고 녹고 얼었다 풀리고
　비 내리어 촉촉하게 젖어 있거늘
　떠진 눈은 보이지 않고

열린 귀로는 들리지 않는다
메마름으로 풀 한 포기 솟아날 것 같지 않은
거친 밭 흙먼지만이
불어오는 바람에 날리니
밭두둑의 자갈만이 제 모습을 보여준다
가물었다
내리는 비로도 해갈되지 못할 메마름이다
풀 한 포기 싹틔우질 못할 만큼
메마름을 채워줄 봄비는 언제 내리려나
봄비에 피어난 꽃이 기다려지는 긴 가뭄이다

-〈마음의 가뭄〉 전문

그렇다 현산은 희망의 끈을 놓지 않는다. 그것이 그의 장점이자 인간적 매력이다. 그런 그의 인간성은 가정교육 어머니의 사랑에서부터 온다. (부언하자면 시인의 아버지께서는 아직도 건장하신데, 시인은 아버지께 배운 것도 무지 많지만, 아버지에 대한 언급을 하기에는 아버지가 아직까지 두려운 분이라 한다.)

가난하여 여벌 옷이 없더라도
좀 더러워지면 빨아 밤에 널어두었다가
새벽에 다림질해 입힌 사람과

가난해 여벌 옷이 없다고
매일매일 입던 옷 걸어두었다가
아침에 누더기 채로 입은 사람과는
바라보는 사람들의 마음이 다르다 했다

더러워지면 빨아서 다림질해 입은 사람은
부지런함이 보이고
더러워져도 입었던 그대로 입은 사람은
게으름이 보인다고 했다

-〈우리 어머니 하시던 말씀〉 부분

이런 어머니의 가르침이 있었기에 시인은 남을 배려하는 마음의 충동이 강하다. 그는 불의를 보면 참지 못하고 뛰어들고 문제를 해결한다. 그가 반듯한 사고력을 갖고 있고 사람을 헤아려보는 날카로운 시선을 지니고 있는 것은 올곧은 가정교육, 〈우리 어머니 하시던 말씀〉을 잘 들은 효자이기 때문일 것이다.

그래도 그에게는 소년 같은 열정, 끝 간 데 없는 사랑의 열병이 남아 있다. 그는 아직도 젊다. 그는 〈아직도 젊음이다〉라고 외친다. 〈살다 보니 미치기도 하더라〉라고도 외친다. 그는 죽을 때까지 그리움이라는 이름으로 살아갈 천상 시인인 것 같다.

이 세상은 첫사랑과 함께 비는 내리고 술과 낭만이

넘치는 살만한 곳이다.

　반가운 사람을 만나 술 한 잔을 마시면 그는 늘 행복하다. 흔히 술을 좋아하고 시를 좋아하는 사람 중에 선(善)하지 않은 사람이 없다 하는데 현산이 그 대표적인 인물이 아닐까.

　하지만 인생은 항상 햇볕 좋고, 사랑이 넘치는 운 좋은 날만 있는 것은 아니다. 때로 비 내리고, 궂은 날도 있고, 얼음 바닥에 나자빠져 버둥거리며 일어서야 하는 날도 있다. 믿었던 사람들이 갑자기 돌변해서 원수로 변하기도 하고, 때로는 자기 자신이 무슨 일을 저지른 지도 모르는 숙취, 만취의 날이 찾아오기도 한다. 그래서 시인은 〈살다 보니 미치기도 하더라〉라는 시를 쓰기도 했다.

　나이 오십을 넘다 보니
　어느 순간 미치기도 하더라
　술에 취해 할 소리 못할 소리
　떠드는 것은 당연하다지만
　써야 할 글과 쓰지 말아야 글을 써대는 것은
　미치지 않고서야 있을 수 있는 일이겠는가

　이른 새벽 눈을 떠
　지난밤 술에 취해 무슨 짓거리 했는지

128

휴대폰을 들여다보다
거시기 끝 구멍으로 바위에 구멍이라 낼 듯
힘차게 쏟아져 나오려던 오줌도 쏙 들어갈 판인 글
제정신이 아니고서야 있을 수 있는 일이겠는가

술이 문제가 아니고
정신이 돌아버린 일이다
되돌릴 수 없는 빗나간 한 줄의 글로
밝아오는 새벽이 두렵고
얼굴 들지 못할 부끄러움에 움츠러드는 꼴은
두 손 들고 반성문을 써야 할 일이니 지난밤은 분
명 미쳤었다

-⟨살다 보니 미치기도 하더라⟩ 전문

　　정신을 차린 현산의 눈매는 날카롭다. 낭만적 음주
가무가 끝나면, 그는 다음날 비장한 현실 무대로 돌아
오는 생활인이자 언론인이라는 직업적 투사가 된다.
　　산다는 것은 일상생활로 이어지는 일상의 연속
이다. 아침에 눈을 뜨면 핸드폰을 켜고 SNS를 검색
하고 뉴스를 송고한다. 그것이 일상이자 삶의 이유
다. 그것이 하루라도 이어지지 않으면 산 것 같지 않
은 날도 있다. 요즘 현대인들은 다 그렇게 산다. 현산
도 그와 다르지 않은 모양이다

고은 시인의 시 중에 〈그 꽃〉이라는 아주 짧은 명편이 있다.

내려올 때 보았네
올라갈 때 못 본 그 꽃

이제 시인은 손자까지 둔, 산을 내려올 나이가 되었다.

우리는 가난한 나라에 태어나서 보릿고개를 겪으며 어렵게 자라났으나 산업화를 이뤘고, 민주화를 이루어 선진국 대열에 올라섰다. 시인은 그런 나라에서 일상인으로 살아가면서 날마다 인생의 희로애락을 일기처럼 부지런히 시로 적어 나간다. 나는 그의 부지런함이 무척이나 부럽다. 벌써 다섯 번째 시집을 상제하는 시인은 〈아직도 젊음이다〉라고 외치며 시를 그것도 사랑의 시를 줄기차게 적어 나아간다.

현산은 유달리 계절에 민감하다. 언제나 봄바람을 느낄 줄 아는 시인의 마음이 거룩하다. 그는 봄바람을 계절마다 느끼고 적어나가지만, 그 봄바람을 계절마다 느끼는 사람들은 별로 없다. 꽃이 피면 피겠지, 낙엽이 지면 지겠지, 하면서 별무관심으로 살다가 죽는다.

수명이 늘어난 100세 시대라고는 하지만 그래 봐야 그 계절을 수십 번 겪다 가는 인생살이다. 진정한 시인이라면 수백 년, 수천 년, 수만 년을 겪어도 계절은 날로 새롭다고 느낄 것이다.

　늘 현산의 앞에는 봄바람이 불고 봄 처녀가 납신다. 봄비 오는 소리가 마치 사랑이 오는 소리처럼 들리는 것이다. 현산 시인에게는 계절에 상관없이 늘 '눈이 씨알만큼 내리는' 행복이 있다. 씨알은 언젠가 싹을 틔우고 꽃을 피우고 열매를 맺을 것이다.